Traducción: Carmen Diana Dearden

Novena edición, 2017

Av. Luis Roche, Edif. Banco del Libro, Altamira Sur. Caracas 1060, Venezuela

C/ Sant Agustí, 6, bajos. 08012 Barcelona, España

www.ekare.com

Publicado por primera vez en inglés por Andersen Press Ltd. Londres, Inglaterra
Título original: *Frog is Frightened*

ISBN 978-84-945736-9-9 · Depósito legal B.6865.2017

Impreso en China por RRD APSL

Max Velthuijs

SAPO
tiene miedo

Ediciones Ekaré

Sapo tenía mucho miedo. Estaba metido en su cama
y escuchaba ruidos extraños por todas partes. El armario
crujía y se oían susurros por las cuatro esquinas del cuarto.
«Hay alguien debajo de mi cama», pensó Sapo.

Saltó de la cama y corrió por el bosque oscuro hasta llegar a la casa de Pata.

—¡Qué amable! Me has venido a visitar —dijo Pata—. Pero es
un poco tarde y ya me voy a acostar.
—Por favor, Pata —dijo Sapo—. Tengo miedo. Hay un
fantasma debajo de mi cama.

—Tonterías —dijo Pata riéndose—. Los fantasmas no existen.
—Sí existen —dijo Sapo—. Y el bosque también está embrujado.
—No tengas miedo —lo tranquilizó Pata—. Si quieres te puedes
quedar conmigo. Yo no estoy asustada.
Y se acurrucaron juntos en la cama. Sapo ya no
tenía miedo.

De pronto, oyeron rasguños en el techo.

—¿Qué es eso? —preguntó Pata y se sentó de golpe.

Luego, escucharon unos crujidos en la escalera.

—¡Esta casa está embrujada! —gritó Sapo—. Vámonos de aquí.

Sapo y Pata corrieron por el bosque oscuro.

Sentían que había fantasmas y monstruos por todas partes.

Llegaron jadeando a la casa de Cochinito y golpearon
a la puerta.

–¿Quién es? –preguntó una voz soñolienta.

–Por favor, Cochinito, abre la puerta. Somos nosotros –gritaron
Sapo y Pata.

–¿Qué pasa? –preguntó Cochinito enojado–. ¿Por qué
tanto alboroto a medianoche?

—Por favor, ayúdanos —dijo Pata—. Estamos aterrados. El bosque
está lleno de fantasmas y monstruos.
Cochinito se rio.
—¿Qué tonterías son esas? Los fantasmas y los monstruos
no existen. Eso se sabe.
—Mira tú mismo y verás —dijo Sapo.

Cochinito se asomó por la ventana, pero no vio nada raro.
—Por favor, Cochinito, ¿podemos dormir contigo? Tenemos tanto miedo.
—Bueno —dijo Cochinito—. Mi cama es grande y a mí nunca me da miedo. No creo en esos cuentos de fantasmas.

Los tres se acostaron en la cama de Cochinito.

«Esto es muy rico», pensó Sapo. «Ahora no nos puede pasar nada».

Pero en ese momento, sintió otra vez los ruidos extraños que venían del bosque.

—Pata —susurró Sapo—. ¿Escuchas?

—Sí —contestó Pata.

Y esta vez, Cochinito también los oyó. No podían dormir.

Los tres amigos trataron de darse ánimo. Se acurrucaron
y repitieron juntos una y otra vez:
—No tenemos miedo. No le tenemos miedo a nada.
Pasó mucho tiempo hasta que, por fin cansados,
se quedaron dormidos.

A la mañana siguiente, Liebre fue a visitar a Sapo.
La puerta estaba abierta de par en par y Sapo no se encontraba
por ningún lado.
«Qué extraño», pensó Liebre.

La casa de Pata también estaba vacía.
—Pata, Pata, ¿dónde estás? —gritó Liebre pero nadie contestó.
Liebre comenzó a preocuparse y pensó que, tal vez, algo
terrible había pasado.

Muy asustado, corrió por el bosque buscando a Sapo
y a Pata. Buscó por todas partes, pero no encontró ni una seña
de sus amigos.
«Tal vez Cochinito sepa dónde están», pensó.

Liebre tocó a la puerta de Cochinito. Nadie contestó.
Todo estaba quieto y en silencio. Se asomó por la ventana
y allí estaban sus tres amigos en la cama, rendidos durmiendo.
¡Eran las diez de la mañana! Liebre golpeó en la ventana.

—¡Un fantasma! —gritaron Sapo, Pata y Cochinito.
Pero luego vieron que era Liebre.

Cochinito quitó el candado de la puerta y los tres
corrieron afuera.

–Liebre, Liebre –dijeron–. ¡Tuvimos tanto miedo!
El bosque está lleno de fantasmas y monstruos horribles.

–¿Fantasmas? ¿Monstruos? –preguntó Liebre
sorprendido–. Pero si no existen.

–¿Cómo lo sabes? –preguntó Sapo enojado–. Había un
fantasma debajo de mi cama.

–¿Lo viste? –preguntó Liebre sin alterarse.

–Bueno..., no –dijo Sapo–. No lo vi, pero sí lo oí.

Entonces, por un largo rato, los cuatro amigos hablaron
de fantasmas y de monstruos y de otras cosas
espeluznantes.

Cochinito preparó té.

—Todo el mundo tiene miedo alguna vez —dijo Liebre.

—¿Tú también? —preguntó Sapo sorprendido.

—Sí, yo también —contestó Liebre—. Tuve mucho miedo
hoy cuando al llegar a tu casa, a la de Pata y después
a la de Cochinito no vi a nadie.
Hubo un silencio.

Y entonces, Sapo, Pata y Cochinito se rieron.
—No seas tonto, Liebre —dijo Sapo—. No tienes que tener miedo. Nosotros siempre estaremos aquí.
Liebre sonrió.
—Y yo estaré aquí y nos acompañaremos cada vez que alguno tenga miedo a los fantasmas.